AF335834

1905 - Juin - 7

Vente du Mercredi 7 Juin 1905

HÔTEL DROUOT — SALLE N° 8

COLLECTION ALVIN-BEAUMONT

OBJETS

ayant appartenu à

la REINE MARIE-ANTOINETTE

ET À LA

FAMILLE ROYALE

DE

FRANCE

Mᵉ MAURICE DELESTRE   M. LOYS DELTEIL

COLLECTION

ALVIN - BEAUMONT

CATALOGUE

DES

OBJETS

Ayant appartenu à

la REINE MARIE-ANTOINETTE

ET A LA

FAMILLE ROYALE

DE

FRANCE

COMPOSANT

la collection de M. ALVIN-BEAUMONT

dont la vente aura lieu

à Paris, HOTEL DROUOT, Salle N° 8

Le Mercredi 7 Juin 1905

à 2 heures 1/2 précises

Par le ministère de Mᵉ MAURICE DELESTRE

COMMISSAIRE-PRISEUR

5, rue Saint-Georges

Assisté de M. LOYS DELTEIL, Artiste-Graveur, Expert

22, rue des Bons-Enfants

EXPOSITION PUBLIQUE, HOTEL DROUOT, Salle N° 8,

Le Mardi 6 Juin 1905, de 2 heures à 6 heures

CONDITIONS DE LA VENTE

———

Elle sera faite au comptant.

Les acquéreurs paieront *dix pour cent* en sus des prix d'adjudication.

M. Loys Delteil remplira les commissions que voudront bien lui confier les amateurs ne pouvant y assister.

MM. les amateurs pourront visiter la collection, 22, *rue des Bons-Enfants*, du Lundi 29 Mai au Lundi 5 Juin, de 2 heures à 5 heures, le *Dimanche* et le *Jeudi de l'Ascencion* exceptés.

EXPOSITION PUBLIQUE, HOTEL DROUOT, SALLE N° 8

Le Mardi 6 Juin 1905, de 2 heures à 6 heures.

AVERTISSEMENT

Malgré le petit nombre d'objets dont elle se compose, la collection que voici a cependant une importance et une authenticité indiscutables, car depuis la dispersion en 1877 par les soins de Etienne Chavaray des autographes et des miniatures de la famille royale, provenant de la duchesse Yolande de Polignac, aucun ensemble de même nature n'avait affronté les enchères.

Les origines de ces objets sont d'ailleurs connues et leurs derniers possesseurs. MM. Auguste Nicaise et Alvin-Beaumont les avaient révélées dans deux brochures parues en 1894 (1) et en 1899 (2). Quelques-uns de ces objets proviennent de deux anciens fonctionnaires de la maison royale, l'abbé Poupart et Mme de Dillon; d'autres, pour être passés par les mains du municipal Huret et du conventionnel Courtois, n'en sont pas moins authentiques. A ce lot précieux par lui-même M. Beaumont a pu, lors d'une découverte toute fortuite, ajouter quelques lettres adressées à ce même Courtois et qui plaident les circonstances atténuantes en sa faveur.

Le catalogue rédigé par M. Loys Delteil met le lecteur et l'acquéreur en mesure de se renseigner sur l'aspect et le contexte matériels de ces vestiges, mais plusieurs d'entre eux appellent quelques remarques complémentaires.

---

(1) Collection Auguste Nicaise. Autour d'une vitrine. *Châlons-sur-Marne*, 1894, in-8°, 1 f. et 11 pp.

(2) Collection A. B. Etude et description d'objets ayant appartenu à Marie-Antoinette. *Paris, librairie E. Bernard, 1899, in-8°*, 80 pp.

Louis XVI avait reçu des mains de Malesherbes, — au moment où celui-ci résigna un pouvoir qu'une cour frivole et imprudente n'avait cessé de contrecarrer, — la mise au net d'un travail où le vieux ministre avait condensé les résultats de son expérience touchant la connaissance des hommes. Le Roi, grand liseur, comme on sait, feuilleta et annota, tout au moins de traits de crayon, ce mémoire : on relève notamment à la page 93 — chiffre fatidique — une croix devant un passage où Malesherbes conseille au jeune souverain de lire l'Histoire de la rébellion et des guerres civiles d'Angleterre de lord Hyde Clarendon, s'il veut se rendre compte du sort d'un prince faible et mal entouré. Louis XVI se souvint plus tard, — au témoignage de Cléry, — de l'avertissement et le livre de Clarendon est précisément un de ceux qu'il relut au Temple. En 1901, lors de la visite du Tsar et de la Tsarine à la cathédrale de Reims, ce même manuscrit avoisinait le fameux Évangéliaire slave et le jeune empereur tint à prendre connaissance de la page où Malesherbes, après avoir fait l'éloge de Pierre Iᵉʳ, insiste sur la nécessité pour l'avenir d'un peuple d'avoir une armée fortement organisée.

Marie-Antoinette n'avait pas, on le sait, les goûts studieux de son époux et cependant elle possédait une bibliothèque presque aussi nombreuse : la collection A. B. en présente quelques épaves, tels qu'un Portrait de Henri IV (1783) par le Dᵣ Clerc, dit Le Clerc, médecin du corps des cadets de Catherine II, ami de Diderot qui le fréquenta pendant son séjour à Saint-Pétersbourg, et qui l'a maintes fois nommé dans sa correspondance ; un Almanach de Versailles pour 1786, et une comédie manuscrite en cinq actes, le Triomphe de la sympathie d'un certain Ramier de Raudière dont Quérard a signalé deux opuscules imprimés ; la reliure de ce manuscrit est quelque peu fatiguée, mais il ne semble pas avoir été l'objet d'une représentation, car Gustave Desjardins ne le mentionne pas dans l'excellent livre qu'il a consacré au Petit Trianon.

Des éventails, un portefeuille contenant une feuille de papier à lettre au filigrane royal, une tasse de porcelaine encore imprégnée des parfums d'un « pot pourri » et renfermée dans une sorte de « chou » en soie ancienne, ne seront pas moins recherchés que les livres.

De la future duchesse d'Angoulême voici également un portefeuille que rend précieux un cahier de papier à lettres fabriqué durant l'exil en Courlande par les ordres du comte de Provence et montrant accolés dans la pâte les profils de l'oncle et de la nièce au-dessus d'une légende qui est tout à l'honneur de celle-ci.

Un moment célèbre par la publication de son fameux Rapport de l'an III sur les papiers de Robespierre, Courtois, compatriote, ami et collègue de Danton, était ensuite retombé dans une obscurité dont il ne sortit, bien malgré lui, qu'en 1816, lorsque, traqué comme « votant », il offrit, à titre de rançon, au duc Decazes une partie des documents que sa situation après le 9 thermidor avait fait affluer entre ses mains et parmi lesquels il suffira de citer la lettre inachevée tracée par Marie-Antoinette quelques heures avant son exécution. Je ne referai pas ici, même sommairement, la biographie de Courtois, ni l'historique des démarches qui précédèrent son expulsion du territoire français et sa mort : les travaux de MM. Eugène Welvert, Labourasse, Alvin Beaumont, Paul Despiques, Beauguitte ont épuisé la question, mais si Courtois a, sur plus d'un point, mérité toutes les sévérités de l'histoire, il est acquis à sa décharge qu'il ne satisfit aucune vengeance lorsqu'il en avait le pouvoir et qu'il intercéda même pour l'acquittement d'un de ses ennemis envoyé à l'échafaud par Fouquier-Tinville. M. Welvert et M. Labourasse avaient enregistré, sans se prononcer sur le bien fondé de cette revendication, que Courtois se flattait d'avoir fait sortir de prison l'abbé Barthélemy et la duchesse de Choiseul : de vieilles lettres enfermées dans un panier, caché lui-même sur la plus haute planche d'un bûcher, et que nul n'avait fouillé depuis tantôt un siècle, ont mis jadis entre les mains de M. Beaumont la preuve que Courtois ne s'était pas vanté à faux et que « la veuve d'Étienne François Choiseul », comme elle signait alors, garda jusqu'à la fin de sa triste et misérable existence les relations les plus amicales avec son sauveteur et sa famille. De cette correspondance, qui semble avoir été assez fréquente, ne subsistent ici qu'une lettre et quatre billets, mais c'en est assez pour que le nom de Courtois soit désormais honorablement associé à celui de la charmante femme envers qui la postérité professe les sentiments de respect et de sympathie que ne lui ont marchandés ni les plus estimables, ni les plus dépravés de ses contemporains.

Maurice TOURNEUX.

N° 14 du Catalogue.

Nº 5 du Catalogue.

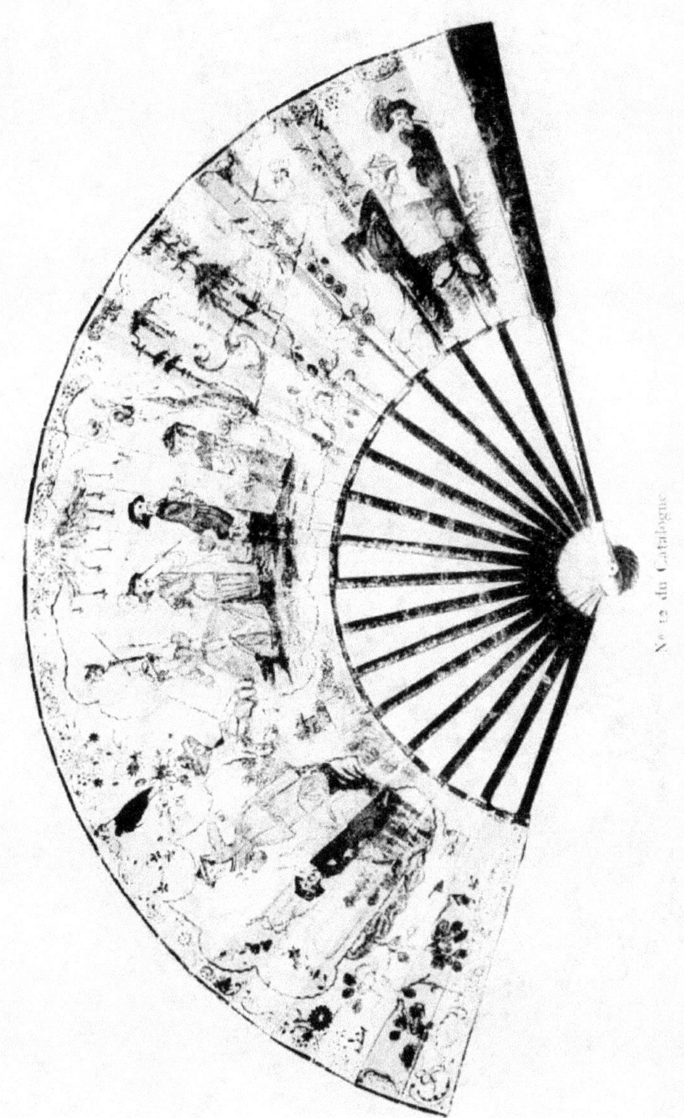

Nᵒ 12 du Catalogue

N° 15 du Catalogue

N° 7 du Catalogue.

1. — L'OFFICE DE LA SEMAINE SAINTE... *à l'usage de Madame la Dauphine et de sa Maison.* — Paris, *J.-B. Garnier*, 1752. 1 vol. in-12 aux armes de **Marie-Josephe de Saxe**, mar. rouge, dos orné de fleurs de lis.

2. — ALMANACH ROYAL, ANNÉE MDCCLXXVII. — Paris, *Le Breton.* — 1 vol. petit in-8, rel. veau, armes sur les plats, fleurs de lis au dos.

3. — ALMANACH ROYAL, ANNÉE MDCCLXXXII. — 1 vol. in-8 mar. rouge, vel. anc., large dentelle sur les plats, fleurs de lis au dos.

Cet exemplaire provenant de *Mme de Mainières*, avait été offert à cette dame par la *C^sse de Dillon*, dame du Palais, qui le tenait de la reine Marie-Antoinette.

4. — ALMANACH DE VERSAILLES, ANNÉE 1786. — Paris, *Blaizot.* — 1 vol. in-32, rel. anc. mar. rouge, doré sur tranche, aux **Armes de Marie-Antoinette**; en frontispice, un portrait de Louis XVI. Cet exempl. provient de *l'Abbé Poupart*, confesseur de la Reine, et de sa nièce *Mme de Vellaire*.

5. — PORTRAIT DE HENRI IV, PAR M. LE CLERC, CHEVALIER DE L'ORDRE DU ROI. — Paris. *Ph. D. Pierre*, 1783. — 1 vol. in-12 rel. mar. rouge, **Armes de Marie-Thérèse de France** sur les plats. Exempl. sur vélin (très rare), pris par *Huret*, au cours d'une fouille faite au Temple après la mort de Marie-Antoinette.

6. — AUTOGRAPHE de la Reine **Marie-Antoinette** : *« J'ai reçu votre petite lettre d'excuse vous verrez par celle-cy qu'elle n'a pas ete necessaire vous vous etes trompé de datte ainsi je ne sais de quel jour elle est, mais ce qui ma fais plaisir c'est que je vois que l'evesque est arrivé adieu pour tout de boa cette fois-cy. Ce 12 X^bre. »*

N. B. — L'Evêque dont parle la Reine, serait *Anne-Ant. Jules de Clermont-Tonnerre*, evêque de Chalons-sur-Marne, en 1782.

7. — Manuscrit *inédit*, intitulé : LE TRIOMPHE DE LA SYMPATHIE, comédie en vers et en cinq actes composée et écrite par **Ramier de Raudière** et dédiée par l'auteur, à la **Reine Marie-Antoinette**, 1780.

Manuscrit de 155 pages in-4, rel. mar. rouge,
petits fers sur les plats.

Provient de *Mme de Vellaire*, nièce de l'Abbé
Poupart qui le lui avait légué.

8. — TRAITÉ DE LA CONNAISSANCE DES HOMMES, impor-
tant et très précieux manuscrit *inédit*, d'une
belle écriture, composé par **de Lamoignon de
Malesherbes** pour le Roi Louis XVI.

Ce manuscrit parfaitement conservé et qui
renferme des passages d'une remarquable
pensée, est relié en 1 vol. in-4, mar. rouge,
Armes de Louis XVI sur les plats.

Provient de *l'Abbé Poupart* qui le tenait de
Louis XVI.

8 *bis*. — Lettre autographe, signée de Malesherbes à
Target, avocat, et copie d'une autre lettre
par son secrétaire.

9. — PORTEFEUILLE en soie, portant brodées en or, les
Armes de Marie-Antoinette, large dentelle or
et argent appliquée comme entourage, et
renfermant le papier à lettre dont se servait
la Reine (*en filigrane*, le portrait du *Roi*,
avec la légende : **Vive le Roi**).

10. — PORTEFEUILLE en soie, portant brodées en or, les
Armes de Marie-Thérèse de France, et renfermant le papier à lettre dont elle se servait
(en *filigrane* : les portraits accolés de **Marie-
Thérèse** et du **Comte de Provence**, puis les *Armes
de la Maison de France*).

11. — ÉVENTAIL en nacre peinte, dit *travail de Burgau* ;
décor : trois médaillons figurant des scènes
pastorales : La moisson ; Fête de village ; Le
joueur de flûte. Donné par **Marie-Antoinette**
à *Mme de Dillon*, Dame du Palais, qui le légua
à *Mme de Mainières*.

12. — EVENTAIL, décor : huit personnages à la chinoise, formant trois motifs ; les figures sont peintes sur ivoire, les vêtements sont de nacre, avec rehauts d'or ; l'autre côté de la feuille, décoré, porte les lettres MM.

Eventail pris aux Tuileries (le 10 août 1792). Provient du *Conventionnel Courtois*.

13. — LE DAUPHIN LOUIS XVII, à l'âge de 3 ans environ. Précieuse **miniature**, dans un médaillon ovale en argent, à double face ; derrière la miniature, une mèche de cheveux bouclés. Provient de Mme *de Dillon*, Dame du Palais de la Reine.

14. — MARIE-THÉRÈSE DE FRANCE, Fille de Louis XVI, à l'âge de 9 ou 10 ans : belle et précieuse **miniature** de forme ronde, *attribuée* à **Dumont** ; cadre ancien, bois sculpté, guirlandes dorées, fleurs de lis argent doré.

15. — TASSE en porcelaine, pâte tendre, avec soucoupe. Porcelaine dite **A la Reine**, avec la marque : A couronnée. Décor : médaillon ovale, bouquet de fleurs fond bleu foncé semé d'étoiles d'or. Bordure or mat.

Cette tasse, fermée par un opercule en soie ancienne, renferme une partie de matière odorante composant un pot-pourri fait à **Marie-Antoinette**, selon la formule donnée par *Houbigant*, parfumeur de la Cour.

16. — Pelote, faite par Mlle **Charmette Courtois**, fille du Conventionnel, avec un morceau de soie provenant d'une tenture des appartements de **Marie-Antoinette**, à Versailles.

17. — DOCUMENTS relatifs au Conventionnel **Bonaventure Courtois** :

1° Constitution de la République Française — Paris, Testu, exempl. avec la *signature* de Courtois.

2° Mandat de perquisition faite chez le conventionnel Courtois et pièces y relatives.

3° Médaille de *Représentant du Peuple*, de B. Courtois.

4° Lettre du Duc de Cazes au fils du Conventionnel Courtois.

18. — Six lettres autographes de la Duchesse de Choiseul et de l'Abbé Barthélemy, adressées au Conventionnel Courtois.

19. — Lettre autographe signée de l'Abbé Dillon, au libraire J. J. Blaise, rue Ferou, n° 24, près St-Sulpice (1828).

— Lettre autographe, signée du Comte Edouard de Dillon.

— Lettre autographe, signée de Lamartine.

— Lettre autographe, signée de Berryer.

N° 6 du Catalogue

IMPRIMERIE

FRAZIER-SOYE

153-155-157, Rue Montmartre

PARIS

RED. :

21

graphicom

MIRE ISO N° 1
NF Z 43-007
AFNOR
Cedex 7 - 92080 PARIS-LA DEFENSE

0 1 2 3 4 5 6 7 8 9 10